D1381031

De Roskam

Een pony met streken

Voor Eefje

LEESNIVEAU

		ME	ME	ME	ME	ME		
AVI	S	3	4	5	6	7	P	
CLIB	S	3	4	5	6	7	8	P

Paarden

Toegekend door Cito i.s.m. KPC Groep

ISBN 978 90 475 0791 8
NUR 287

www.unieboek.nl
www.viviandenhollander.nl
www.saskiahalfmouw.nl

Tekst: Vivian den Hollander
Illustraties: Saskia Halfmouw
Vormgeving: Petra Gerritsen

Vivian den Hollander

De Roskam

Een pony met streken

Met illustraties van Saskia Halfmouw

Van Holkema & Warendorf

Paulien zit in de auto.
Ze gaat logeren bij haar nichtje Roos.
Haar moeder brengt haar weg.
'Heb je er zin in?' vraagt ze.
'Ja, heel veel!' zegt Paulien.
'Het is zo jammer dat Roos verhuisd is.
Ik mis haar echt.
En ik ben ook erg benieuwd naar Tobi.'
'Wie is dat?'
Paulien kijkt haar moeder boos aan.
'Dat weet je toch wel!
Zo heet de verzorgpony van Roos.
Ik heb gisteren nog over hem verteld.'
Haar moeder glimlacht. 'Dat is waar.
Maar jij hebt het iedere dag over paardjes:
Senna, Blem of Frenkie…
Jij vindt ze allemaal even lief.'
'Klopt,' zegt Paulien.
'Maar de paarden die jij noemt
staan bij mij op de manege.
Roos heeft sinds kort een verzorgpony.
Helemaal voor haar alleen.
En dat is echt super!'

'Eindelijk, daar ben je!'
roept Roos een halfuur later.
Aan haar stem is te horen hoe blij ze is.

'Heb je oude kleren meegenomen?'
Paulien laat haar sporttas zien.
'Hier zit alles in:
een warme trui en extra schoenen.
En ook een oude broek.'
'Trek maar snel aan,' zegt Roos.
'Dan gaan we direct naar Tobi.
Hij zal het leuk vinden om je te zien.'
'Gaan jullie nu al weg?'
De moeder van Roos komt eraan.
Ze begroet het bezoek en zegt:
'Ik haal net een heerlijke kruidkoek uit de oven.

Jullie willen toch wel een stuk?'
Paulien aarzelt.
Ze houdt erg van kruidkoek.
Maar ze wil ook dolgraag Tobi zien.
Haar tante merkt het.
'Weet je wat?' zegt ze lachend.
'Ik geef jullie wel twee plakjes mee.'
'Goed plan, mam!'
Roos geeft haar moeder een kus.
Dan trekt ze Paulien mee naar boven.

‘Wat vind je van mijn nieuwe posters?’
‘Wauw, mooi zijn ze!
Vooral die met dat paard erop.’
Nadat Paulien alles bewonderd heeft,
geeft ze haar nichtje een pakje.
Er zit een sleutelhanger in
waar je een foto in kunt doen.
‘Dank je wel!’ zegt Roos blij.

‘Je snapt wel welke foto ik erin ga stoppen.
Die van Tobi natuurlijk!’
Ze pakt een foto van haar kast.
‘Kijk, dit is hem nou.
En straks… zul je die lieverd echt zien.’

Paulien is snel klaar met omkleden.
Maar voordat ze vertrekt,
omhelst ze eerst haar moeder.
‘Dag mam, tot over twee nachtjes!’
Even kriebelt het in haar buik.
Zou ze wel kunnen slapen vannacht?
Zo vaak gaat ze niet uit logeren…
‘Kom je?’ roept Roos dan.
Na nog een laatste kus gaat Paulien mee.

Het is niet ver naar het weiland van Tobi.
Hij staat bij een grote boerderij
aan de rand van het dorp.
Joop en zijn vrouw wonen er.
Naast de boerderij is een stal.
'Staat Tobi daar?' vraagt Paulien.
Roos schudt haar hoofd.
'In die grote stal staat Bella.
Dat is het rijpaard van Joop.

Ernaast is een kleine stal voor Tobi.
Maar meestal staat hij in de wei.'
Ze lopen het erf op
en dan ziet Paulien een kleine pony.
Hij is lichtbruin, met lange witte manen.
Als ze bij het hek staan,
komt hij meteen naar hen toe.
'Dit is hem nou!'
De stem van Roos klinkt trots.

Paulien aait het paardje over zijn hoofd.
'Wat een schatje!
Verzorg jij hem iedere dag?'
Terwijl ze staan te praten,
snuffelt Tobi aan de broekzak van Roos.
Dan opeens...
'Hé, Tobi, wat doe je nou?'
Ze probeert heel boos te kijken.
Het lukt haar niet echt.
'Zag je dat?' roept ze verbaasd.
Ze trekt een zakje uit de mond van het paard.
Er zitten twee plakjes kruidkoek in.
Paulien ligt dubbel. 'Hi, hi, wat grappig!
Tobi is dus niet alleen lief,
maar hij is ook nog superslim.'
'En vreselijk ondeugend,' voegt Roos eraan toe.
Ze aait de pony over zijn zachte neus.
'Snoeperd, suiker is niet goed voor je.
Straks krijg je een lekkere wortel,
maar dan moet je eerst lief zijn geweest.'
Ze loopt naar een houten kast.
Daarin staat de bak met poetspullen.
Roos geeft hem aan Paulien
en zelf pakt ze een halstertouw.
'Tobi, ben je er klaar voor?' roept ze dan.
'Vandaag word je extra goed gepoetst.
Namelijk door mij... én door mijn nichtje.'

De pony hinnikt zacht,
alsof hij begrijpt wat Roos zegt.
Maar als ze het touw om zijn nek wil doen,
holt hij er vandoor.
'Deugniet!' moppert Roos.
'Kom eens gauw terug!'
Maar wat ze ook roept, Tobi komt niet.
Paulien kijkt lachend toe.
'Dit paardje is wel héél grappig.
Doet hij vaker zo?'

‘Soms,’ antwoordt Roos.
‘Als hij een speelse bui heeft.’
Ze maakt het hek open.
‘Tobi, kom nou,’ probeert ze weer.
Ik ga je lekker borstelen.’
Ze klakt met haar tong.
Paulien laat de wortel zien.
Niets helpt.
‘Zullen we hem vangen?’ stelt Paulien voor.
Roos knikt. ‘Er zit niets anders op.’

Maar het vangen gaat niet snel.
Iedere keer als ze Tobi bijna pakken,
stuift hij er weer vandoor.
'Ik geef het op, hoor!' zegt Paulien hijgend.
Maar als Tobi rustig gaat staan grazen,
roept Roos: 'Dat is onze kans!'
Even later hangt er een touw om zijn nek.
'Eindelijk! Het is gelukt!'
Roos trekt hem gauw mee naar het hek.
'Stouterd,' moppert ze.
'Je bent echt ondeugend vandaag.
Net nu Paulien er is.'

Haar nichtje grinnikt.
'Ik vond het wel grappig,' bekent ze.
'Dit paard heeft tenminste pit.
Beter dan een sloom paard.'
'Daar heb je helemaal gelijk in.'
Roos legt een stuk wortel op haar hand.
Als Tobi daarna om meer bedelt,
schudt ze haar hoofd.
'Nu gaan we je eerst borstelen.
Pas als je lief bent, krijg je meer.'

Tobi lijkt onder de indruk van haar woorden.
Onder het borstelen blijft hij rustig staan.
En als de meisjes naar huis gaan,
staat hij nog steeds braaf bij het hek.

Het is al best laat,
maar Paulien en Roos slapen nog niet.
Ze blijven maar praten over paarden.
'Weet je wat Tobi ook eens deed,' zegt Roos.
'Hij ontsnapte uit de stal.
Waarschijnlijk zat de deur niet goed dicht.

Ik vond hem in een tuin verderop.
Daar at hij alle bloemen op.'
'Echt?' Paulien kan het bijna niet geloven.
'Ik schrok heel erg,' gaat Roos door.
'De vrouw van het huis kwam naar buiten.
Gelukkig was ze niet eens boos.'
'Lief van haar, zeg.'
Paulien moet opeens geeuwen.
Eigenlijk wil ze ook iets vertellen.
Van die keer met de huifkar.
Maar haar ogen vallen dicht.

De volgende morgen regent het.
Paulien en Roos merken er weinig van.
Ze gaan gezellig samen tekenen.
Maar als 's middags de zon weer schijnt,
heeft Paulien één wens: naar Tobi gaan.
'Zou hij me nog herkennen?'
vraagt ze als ze er bijna zijn.
'Tuurlijk,' zegt Roos. 'Ik denk zelfs...
Het hek!' roept ze dan verschrikt.
'Het hek van de wei is open!'
Als ze Tobi niet ziet staan,
trekt ze een sprintje naar zijn stal.
Ook daar is het paardje niet.

Roos is behoorlijk in paniek.
Ze rent eerst rondom de boerderij.
Daarna zoekt ze bij het erf van de buren.
Maar Tobi blijft onvindbaar.
'Hoe kan dat nou?' zegt ze.
'Heb ik het hek niet goed dichtgedaan?
Of duwde Tobi het misschien zelf open?
Of heeft iemand anders soms...?'
'Dat is nu niet belangrijk,' zegt Paulien.
We moeten hem eerst zien te vinden.
Heb je enig idee waar hij zou kunnen zijn?'
Roos denkt diep na.
'Misschien bij de andere paarden!' roept ze dan.

‘Hier verderop is een groot weiland.’
Ze rent gelijk die kant uit.
Maar ook daar staat het paardje niet.

Paulien is op een muurtje gaan zitten.
Roos zit naast haar.
Ze hebben overal gezocht,
maar er is nergens een spoor van Tobi.
‘Wat moeten we nu doen?’ vraagt ze.
Ze slaat haar arm om Roos.
Die ziet er zo verdrietig uit.
‘Ik weet het niet,’ antwoordt ze somber.

‘O, wat is dit erg!
Ik kan wel janken!
Wat zal Joop wel niet zeggen…
En stel je voor dat Tobi de weg op gaat.
Hij is vaak zo speels en wild.’
Als ze aan de overkant een meisje ziet lopen,
springt ze op.
‘Fleur, heb jij Tobi soms gezien?’
‘Hoezo, is je pony weg?’ antwoordt ze.
Roos knikt en zegt:
‘Het hek van de wei stond open.

En nu kan ik Tobi nergens vinden.
Ik heb overal al gezocht.'
'Heb je ook bij de nieuwe manege gekeken?'
Roos slaat tegen haar hoofd.
'Nee! Wat dom van me!
We gaan er meteen naartoe.'

Het is niet ver naar de nieuwe manege.
Als ze er zijn, wijst Roos naar een groot bord.
VANDAAG OPEN DAG staat erop.
'Nou, dat is goed te merken,' zegt Roos.

‘Wat is het hier druk!’
De bezoekers kijken in de stallen,
in de zadelkamer of bij de buitenbak.
Roos en Paulien kijken niet rond.
Zij gaan meteen door naar de wei.
‘Ik hoop zo dat…’ begint Roos.
Dan wijst ze ineens naar voren
en pakt de arm van Paulien stevig beet.
‘Ik kan het bijna niet geloven!
Kijk, daar staat Tobi!
Tussen de andere paarden van de manege.
Hoe is hij daar toch gekomen?’
Ze kijkt rond aan wie ze hulp kan vragen.
Als ze een stalhulp ziet, rent ze op hem af.

'Hoi, ik ben Roos.'
En daar staat mijn verzorgpony.'
Ze praat heel vlug, zo opgewonden is ze.
'Hij is ontsnapt uit zijn eigen wei.
Hoe hij nu hier komt snap ik niet.
Maar ik neem hem graag mee terug.'
'Wil je zeggen dat die kleine pony van jou is?'
De stalhulp kijkt haar boos aan.
'Zeg, hou eens op met dat gezeur.
Ik heb wel wat beters te doen vandaag.
Dat beestje is van ons.
Hij blijft daar lekker staan.'

Roos krijgt tranen in haar ogen,
zo schrikt ze van het antwoord.
'Luister nou,' probeert ze opnieuw.
'Je vergist je, Tobi hoort niet hier.'
'Dat is dan pech voor je, meisje.'
De jongen gaat door met zijn werk.
Wat Roos ook zegt, hij luistert niet meer.
Arme Roos, denkt Paulien.
Ze merkt hoe wanhopig haar nichtje is.
Hoe kan ze haar helpen?
Dan ziet ze verderop een vrouw lopen.
Ze leidt haar paard naar de wei.

Paulien trekt Roos snel mee
en stapt op haar af.
'Mevrouw, mag ik u wat vragen?'
'Natuurlijk.' De vrouw knikt vriendelijk.
'Mag mijn nichtje mee naar de wei?'
'Hoezo?'
Paulien legt uit wat er aan de hand is.
Roos laat intussen de sleutelhanger zien.
Er zit een mooie foto van Tobi in.
'Hij hoort echt bij mij.
Dat zult u zo wel zien.'
'Ik ben erg benieuwd,' zegt de vrouw.

Ze maakt het hek open.
Roos loopt met haar mee.
Ze heeft blosjes op haar wangen,
zo spannend vindt ze het.
'Tobi,' roept ze. 'Tobi, kom dan!'
Paulien houdt haar adem in.
Stel je voor dat Tobi niet komt.
Hij is soms zo eigenwijs.
Ze ziet hoe het paard zijn hoofd heft.
Dan hinnikt hij enthousiast
en komt hij in draf op Roos af.
'Hoi, lieve Tobi!'

Ze slaat opgelucht haar arm om zijn nek
en drukt haar hoofd tegen hem aan.
De vrouw staat lachend toe te kijken.
'Die twee horen bij elkaar.
Dat is wel duidelijk,' zegt ze.
Ze pakt haar mobiel uit haar handtas.
En dan gaat alles heel snel.
Eerst komt de baas van de manege kijken.
'Inderdaad, dat paardje is niet van ons,' zegt hij.
Roos kijkt zo blij
dat Paulien wilde dat ze een camera bij zich had.
Dit zou een mooie foto zijn geworden!

Daarna loopt Roos snel de wei uit.
En Tobi?
Hij loopt gelijk met haar mee.

'Wil jij Tobi ook even vasthouden?'
Roos heeft een touw geleend.
Dat zit om de nek van de pony.
Paulien knikt en pakt het touw beet.
De hele weg loopt Tobi lief mee.
Hij stopt zelfs niet bij een perk vol bloemen.
Als hij zijn eigen wei ziet,
gaat hij er in draf naartoe.
Roos doet gauw het hek achter hem dicht.
En Paulien roept: 'Dag Tobi!
Morgen ga ik weer naar huis.
Ik zal je missen, dat is zeker!
Ik ken geen enkele pony
die zo lief en stout is als jij!'
Als ze wegloopt, hinnikt Tobi vrolijk.
Alsof hij haar gedag zegt.
En Paulien zwaait naar hem zo lang ze kan.

Dit zijn de boeken over *De Roskam*.
Lees ze allemaal!

ISBN 978 90 269 1705 9
AVI nieuw: M4
AVI oud: 4

ISBN 978 90 269 1706 6
AVI nieuw: M4
AVI oud: 4

ISBN 978 90 269 1777 6
AVI nieuw: M4
AVI oud: 4

ISBN 978 90 269 1778 3
AVI nieuw: E4
AVI oud: 5

ISBN 978 90 475 0211 1
AVI nieuw: M4
AVI oud: 5

ISBN 978 90 475 0212 8
AVI nieuw: E4
AVI oud: 5

ISBN 978 90 475 0590 7
AVI nieuw: M4
AVI oud: 5

ISBN 978 90 475 0791 8
AVI nieuw E4
AVI oud: 5

www.viviandenhollander.nl

www.saskiahalfmouw.nl